向天之路

天舒 著

天津出版传媒集团
百花文艺出版社

图书在版编目（CIP）数据
向天之路 / 天舒著. -- 天津 ：百花文艺出版社，2025. 7. -- ISBN 978-7-5306-9204-2
Ⅰ. I227
中国国家版本馆 CIP 数据核字第 20256K39X7 号

向天之路
XIANGTIAN ZHI LU
天舒　著

出 版 人：薛印胜
封面题字：郭继明
责任编辑：郑　爽
特约策划：余慕雨
装帧设计：悟阅文化
出版发行：百花文艺出版社
地址：天津市和平区西康路 35 号　**邮编：**300051
电话传真：+86-22-23332651（发行部）
+86-22-23332656（总编室）
+86-22-23332478（邮购部）
网址：http://www.baihuawenyi.com
印刷：四川省东和印务有限责任公司
开本：880 毫米 ×1230 毫米　1/32
字数：134 千字
印张：7
版次：2025 年 7 月第 1 版
印次：2025 年 7 月第 1 次印刷
定价：69.00 元

如有印装质量问题，请与四川省东和印务有限责任公司联系调换
地址：四川省成都市郫都区双柏东二街 113 号
电话：028-87586033
邮编：611730

献给以身为炬的理想主义者

序

张清华

1

很奇怪，当我打开这部《向天之路》的时候，居然有一种强烈的熟悉感。尽管我和作者从未谋面，也不曾有过任何形式的交流。但在读这部作品的时候，却有这种感觉——仿佛不是在读一位生人，而是读一位老友；甚至不是在读别人，而是在读我自己。

因此我确信，本书作者与我是同代人，可能会小几岁。因为我是在20世纪80年代前期开始尝试诗歌写作的，而他这部诗集中收入的作品，最早的年代是1986年。

之所以会有这样的感觉，是因为相比其他代际的人，“60后”可能是有着强烈的同时代人经验的一代，所以在感受人生、处置现实经验方面，在生命的态度，甚至在情感的伦理观上，都有很多近似之处。

而我与这位未曾谋面的作者，竟有如此多的一致和会心之处。比如，作者在扉页上写着“献给以身为炬的理想主义者”这样一句话，可能有些人会觉得好笑，有点傻气，但在我这里却有着被电流穿越的感觉——即使我对这自我意识抱着提醒，我也会心领神会，顿生出由衷敬意。没办法，这确乎就是“以梦为马”的一代人才会有的一种态度。

还比如对一个人的“痴情”——我在这本诗集中看到了一个出现频率很高的符号——“给 XYJ”，他献给一个人的诗几乎贯穿始终，包括第一首和最后一首；比如一种类似感伤主义的情调，第一辑的辑页上就出现了这样的句子：“跟着你们在风中飞舞／我想起故乡的坟地”；再比如抒情的写法，诗集中随处可见都是格言式的句子，每一句都有极高的完成度，合在一起，有可能会被认为是老派的语言或写法。但即便如此也在所不惜，绝不回头。

显然这是一个执着的人。

2

“溪水清浅，水去何方／那一抹暗香浮动水的惆怅／你从如水的月光下走来／我在疏影横斜处浅吟低唱……”我不能确信这一首是否受到过余光中的影响，比如《等你，在雨中》之类的篇章。但看得出，作者有对古典诗歌的喜好。这首《凉如水的月光》，明显化用了林逋的《山园小梅》中的诗句。余光中的诗中多有对南朝民歌和姜夔词的化用，只不过他是将意境挪移到了自己的诗中，“步雨后的红莲，翩翩，你走来／……从姜白石的词里，有韵地，你走来”。而天舒则是更直接的“用典”，与古人的方式接近。

还有，在诗集中还能够看出浪漫主义和现代诗人的影响痕迹，从许多篇章中，似乎可以看出拜伦、雪莱、普希金的影子，看出现代中国的李金发、戴望舒等人的象征派与现代派诗人的气息，那些感伤与颓圮的意绪，“寂寞”的清愁，或是“雨巷”的哀怨等等。比如这首《太阳照着残墙》：“太阳照着残墙／一万朵白花簇拥她的枯骨／我吮吸着枯萎的青春／吮吸这死亡的气息／在扑面而来的风中一动不动／／世界开始回归寂静／所有的鸟同时飞向烟囱／她的影子在触地的瞬间化成青烟／转眼散入了青山深处／那天的阳光，如幻如梦……”创作风格像不像改良版的李金发，或是酷似版的戴望舒？我以为是很像的。

由此我断定，作者在20世纪80年代中期也曾经历过大学校园的生活。这首诗标出的写作年代是1988，彼时“第三代诗运动”已经发生，而天舒却与那时绝大多数青年一样，尚未投入到“先锋写作”的潮流。这不由让我想起我自己的遭际，也大概相同。学院的经典阅读与知识谱系，过于正统和均衡的阅读，如果没有新的观念和思想资源的刺激，是不大可能催生出叛逆性的写作的。所以更多“训练有素的写作”，应该是陈天舒这一种。

这当然也没有坏处，如果说有遗憾，那么就是没能“在该成名的时候成名”，致使自己的写作生涯充满了“延宕”的意味。但是从另一方面说，这也许是一件值得庆幸的事。因为写作说到底是安放心灵的事情，青春成名固然好，但有些名噪一时的人，却也在留下了一两首“标签性”

的作品之后再无建树，泯然众人。而像天舒这样的写作者却一直坚持了下来，而且看得出，他是将写作看成了一生的事业，在诗歌中寄寓了生命的理想，而且在该成熟的年纪也抵达了成熟，在该写出好诗的时候也写出了好诗，这难道不是幸事？

3

“寂寞的时候／我饮尽一缸毒酒／在空中摊开手掌／鱼一样，你在指缝里游动……寂寞的时候／有人自远方来／给我一张过期的船票／然后，我们一起从世界上失踪”。这是《寂寞》一首中的句子。似可以进一步证实他受到余光中的影响，因为其中出现了“船票”的意象。但我想说的是，在天舒的诗中，我们自始至终可以看出一种“精神的足迹”，他诚实地面对自己的内心，写出自己的悲欢与喜乐。对于一个诗人来说，这是最可贵的。就像里尔克在《致一位青年诗人的信》中所说，写作就是要忠实地面对自己的生活，要避开那些常见的主题，而从你自身日常生活中寻找题材。在阅读这部诗集的过程中，我有理由相信，作者是忠实于自己的内心生活的。而且能够看得出，他不只是忠实，还更有着自己坚定不移的原则。每当我读到这样的诗句的时候，内心的敬意就油然而生，因为它不是出自风花雪月的叹息，而是出自对于历史和现实的深邃思考：“我用泥土喂养伤口／我用黑暗酿造美酒／突然，我像蛇一

样欢乐 / 在火坑里自由跳舞”(《蛰伏》)。

有时这种对时代的忧思，会升华为一种纯粹精神的图腾。在《仰望祁连山·诗人的葬地》一首中，他深切缅怀了另一位殉道者诗人昌耀，将其苦难而坚忍的一生，用简洁而精准的诗句归纳了出来，如同一尊线条鲜明的雕像，矗立在我们的视野之中：“葬在这里的，是掺了酒的岁月 / 是暴风雪之夜急促的马蹄声 / 是劫后的明月和牧草上清凉的露珠 / 今夜，我亦安葬于此 / 在最深层的地底倾听你的荒江之声 / 倾听无数野花的种子竞相破土 // 这是诗人宿命中的葬地 / 这是千万朵野花纵情绽放之处”。

在昌耀的墓前，诗人留下了这样的诗句。生命因苦难而绽放异彩，心灵因为亲近而可以用死亡来交流——他居然产生了“安葬于此”的冲动，这是精神的认同和灵魂的追比。他没有花费更多的笔墨，去重复昌耀所遭受的苦难，而是用了更为直接，也更充满了精神与生命之“互文”的句子，表达了他所理解的诗人的命运与天职，即用生命写作，以此来唤醒和抚慰一切应该唤醒的心灵与该抚慰的生命。

这样的作品，在天舒晚近的诗作中简直比比皆是。这表明，他早已是一个成熟的诗人，一个有着牢固的精神底色与灵魂质地的诗人。

4

说到了“互文”。互文是所有“知性写作者”的共同爱好，这说明该诗集的作者除了是一位地道的抒情诗人，同时还是一位真正的智性诗人。这一点非常重要，它使得抒情不再流于主观和泛滥，而是一直能够获得与传统的对话与连接，并因之有了更高的品质和更丰富的含量。这正是智性写作的要义所在。

诗集中有许多是“致意”或“致敬”的作品，充满了中西古今诗歌传统中大量的文化意象。作品中有一首与诗集同名的《向天之路》，某种意义上可以看作是一幅精神的自画像，也是此部诗集的主题诗。其中引用了希腊的“伊卡洛斯神话”，伊卡洛斯是超级工匠代达罗斯的儿子，他们父子都喜欢飞行，制作了用于飞行的羽翼，但伊卡洛斯却因为飞得太高而致跌落，死于一场力不能及的飞行之中。这形象地寓示了诗人对于诗歌写作的认识，写作即精神的飞行，而飞行即意味着可能的挫折与牺牲。而诗歌也恰恰是因为充满了这样的挑战，这样的精神苦难而充满意义。

在另一首《琴悟》中，作者这样写道：“踏歌而来，临风抱琴 / 正是落叶纷飞之时 / 满地月光乱如碎玉 // 一把刀，一炷香，一盏酒 / 寒光一闪，烟消酒倾 // 弦断了，弦断了才是琴 / 有人大笑三声，踏歌而去”。

仿佛是《向天之路》一首的另一翻版。这位与世人有着迥异志趣的饮者、诗人、智者、勇士、琴师，因为正直和不屈而死于非命，死前还要以绝世之响以飨世人，唯恐这《广陵散》失传于世。何为高格，何为遗世独立，此即是也。类似的致敬中，分明可以看出作者的精神世界与人格襟怀。

诗集中还有很多写行吟的作品，写到了欧洲。巧了，他写海德堡的一首，正是笔者熟悉的地方。因为世纪之交时一项客座讲学的工作，我曾经在海德堡度过了半年的时光，对那座城市的一切都有很深的印象。他的《内卡河畔的女神》所写的智慧女神密涅瓦，还有诗人荷尔德林的足迹，“哲人小路”的风景，都唤起了我邈远的回忆。“你的眼里噙着许多眼睛／噙着我，噙着海德堡的秋天／而我的眼里噙满了热泪／我把心遗失在遥远的东方／那里的玉米应该熟透了／山坡上到处是阳光灿烂的人”。此情此景，让我想起我立于“圣灵山”上的“哲人小路”，立于荷尔德林的纪念碑前的时刻，心情意绪是如此相似。

5

诗集中还有很多类似纯诗的作品。之所以谈到这一点，我还是想强调，天舒确乎是一位矢志不渝的抒情诗人。但他的抒情已不同于浪漫主义诗人，瓦雷里当初提出纯诗的理想，已经包含了现代主义者对于诗歌的理解。他所说的纯诗我理解有两个含义：一是所有诗歌都指向同一首诗，仿佛是一首诗的不同片段；二是作品中尽量剔除芜杂的东西，比如过分具体的背景、过于现实的场景事件等等。坦率讲，这只能是一个构想，或者说是对诗歌的理想向度的一种譬喻。绝对的纯诗可能并不存在，有的只能是一种对于具体性的“提纯”，归根结底它还是要唤起更多人的同感，而不是抹掉其经验的具体信息。

这显然是一个辩证法，纯诗是为了适应更为广泛的经验，为更多人所共鸣。在作者的笔下，我读到《突然闪现的光》这样作品的时候，这种感觉就变得强烈。“是黑暗孕育的种子／还是梦魇结出的果实／一颗流星从眼前飞逝／这方天地万籁俱寂//沉浸在突然闪现的光里／倾听着夜空的召唤／像一个熟睡的婴儿／渐渐融化，渐渐升起／渐渐回到最初的空灵”。多么棒，这光不管是实有还是虚拟，当我们闭眼冥想时它都会降临；而它到底又意味着什么，是真理的惊现还是消弭，是精神的彻悟还是迷失？都可以，随便你哪一种理解，怎样进入，都不妨碍它产生意义。

诗集中还有许多篇写给“XYJ”的诗。作者对这个人所说的是更多内心的话语，某种意义上这个人也是作者的一面镜子，或是自我的一个镜像，有了这个人，作者的倾诉就有了引领者和倾听者，就可以一直倾诉下去。总之这些诗就像瓦雷里所说，也像是同一首诗的不断展开。老实讲，因为这些诗，我对作者产生了更多由衷的好感，乃至敬意。

拉拉杂杂已经说了不少。对于我而言，极少会在与作者不相识的情况下为之写出只言片语。我总是相信“知人”方能“论世”，“知心”才能“论诗”，但在从未谋面的情况下，居然说了这么多，这还是说明诗集本身打动了我，作为同时代人，又支配我盲目自信地评头论足，只希望没有说得太偏，没有完全离谱。

末了，倒是产生了一个冲动，就是希望在诗集问世的时候，可以见到这部作品的作者。也许我们可以成为一起畅饮和谈诗的知己。

谨以为序。

2025年3月16日，北京清河居

目录

CONTENTS

第一辑　在风中飞舞

第二辑　废墟上的树

第三辑　梯稗上的庄子

第四辑 与春天交融

第一辑 在风中飞舞

1986—1999

跟着你们在风中飞舞
我想起故乡的坟地
妹妹在寒风里多么单薄

回到树上的叶子

——给 XYJ

摘光树上的叶子
放进河里，然后静待回信

我的琴弦断了一根又一根
河水在不停地流淌
河边的树长出了新绿

我在树下不知所措
那些叶子何时又回到了枝头

1986　开县

凉如水的月光

——给 XYJ

从唐风宋韵里款款而来
月下的你一步一朵忧伤
月光，这凉如水的月光
正静静流淌在小路上

晚风吹散夜归的鸟鸣
空山和古寺潜入梦乡
我在梅溪亭中等着你
等着那一抹浮动的暗香

溪水清浅，水去何方
那一抹暗香浮动水的惆怅
你从如水的月光下走来
我在疏影横斜处浅吟低唱

1987　开县

黄昏时候

一壶残酒，半卷诗书
你于黄昏之危楼独坐

正是渚清沙白之时
七分秋水，三分落霞
清风过处，掠起一影孤鹜

那个人与你隔空而坐
他在对岸的枯树下静思
人与树，水与天，一色相融

你于黄昏之危楼独坐
清风过处，那个人杳然无踪

1987　开县

灯光从天桥上流过

天桥上，流淌着灯光
流淌着一波又一波赤裸裸的人群
他们有的在大声争吵
有的在自言自语，有的在引吭高歌
有的在无病呻吟
远处，广场的草坪上
隐隐约约有一群人
他们对着天空集体失忆

那天晚上，我在人民南路梦游
路过的每一栋大楼
都暗藏着许多诡秘的眼睛

1987　成都

独自在世上号啕大哭

忍无可忍，在梦里已经忍受的
从狄奥尼索斯的齿缝里伸出手
捏成拳头，我不知道朝哪个方向出击
挤在女人的腹内阵痛
发现唯一的生路潮湿而幽深
以身为炬
让世世代代的目光尽情蹂躏
然后从那些漫不经心的嘴里赎回不朽
我的灵魂，被无数肮脏的脚踩扁

无法挽救明天
被自己的影子挤出人的队列
四脚朝天，我独自在世界上号啕大哭
没有想好墓志铭
所有的门窗都对我砰然紧闭

1987　成都

一袭洁白长裙

半夜醒来，睡在冰冷的甲板上
江风裹着夜色从船舷掠过
天上的星星稀稀落落

天亮时，就能到达要去的地方
当第一缕晨风穿过树林
她会在朝霞映红的山冈上等我
穿着一袭洁白的长裙
就像那个月光如水的夜晚
她穿着洁白的长裙站在窗前
安静地等待一个弹吉他的少年

此刻，那把吉他就在我的身旁
江渝轮在夜色中顺流而下
天亮时，就能到达要去的地方

1988　江渝3轮

太阳照着残墙

太阳照着残墙
一万朵白花簇拥她的枯骨
我吮吸着枯萎的青春
吮吸这死亡的气息
在扑面而来的风中一动不动

世界开始回归寂静
所有的鸟同时飞向烟囱
她的影子在触地的瞬间化成青烟
转眼散入了青山深处
那天的阳光，如幻如梦

人们在很远的地方唱着挽歌
我的手臂一直举着
证明我们曾经拥有过的年华

1988　成都

致命的欲望

从四周挤向中心
一团黄色液体挤压着一点绿
那点绿毛茸茸的，弹着两片薄翼
甚至半点挣扎也没有
就淹没在黄色里

然后，我将它们一饮而尽
舔了舔唇上的泡沫
与各种颜色的光挤在一起
然后，我也淹没在酒杯里

1988　成都

在风中飞舞

我想起洞庭湖上流放的孤舟
你长发飘飘，泪流满面
水中的鱼昂头溯游

我想起拉库罗的麦地和房屋
那时落日像一颗血泪
烫伤了你的画布

我想起威尼斯桥头
金色的雨随波溅涌
你幸福而平静，唱着动人的船歌

跟着你们在风中飞舞
我想起故乡的坟地
妹妹在寒风里多么单薄

1989　成都

从一阵风跌回自己

从一阵风跌入另一阵风
从另一阵风跌回自己

我像是倒在旷野里
天上布满了星星，我躺着
倾听来自地下的声音

从一阵风跌入另一阵风
从另一阵风跌回自己

我像是爬上了一杆旗
周围飘荡着白云，我回过头
观看地上的人来来去去

1989　成都

银色的鸟

那只银色的鸟清晰可见
站在钟楼的尖顶上
背后衬着一大片蓝天

微风在她的头顶闲荡
一朵白云停靠在天边
那只鸟突然起飞
在城市上空久久盘旋

看鸟的人已越来越远
走在空荡荡的大路上
怅然无语，尘埃满面

1989　成都

梦游

这么多，有这么多人
来参观昨天触电的鸽子
立交桥上，下着小雨

桥下，南来北往的人十分拥挤
他们全都戴着花花绿绿的面具

马路两边生意兴隆
各种款式的人
赤条条地站在橱窗里

那时，我正迷迷糊糊地打着瞌睡
不知道混入了哪一个人群

1989　成都

蛰伏

这一年冬，我在地下蛰伏
偶尔伸出头来呼吸
就被风割掉一块皮肤
我用泥土喂养伤口
我用黑暗酿造美酒
突然，我像蛇一样欢乐
在火坑里自由跳舞

1989　开县温泉

天涯和你的心

——给 XYJ

比远处那棵树更远的地方
我知道那是天涯，天涯有芳草
有夕阳，还有一个个断肠人

天涯必定美丽，世上的断肠人
都到那里，他们相依为命
比天涯更远的地方
我知道，那是你的心
你的心里有一块空地
冷冷清清，下着小雨

你说，我天天在此徘徊
不言不语，忽远忽近
你说，你要把我埋在这里

1990　开县温泉

寂寞

（1）

寂寞的时候
我饮尽一缸毒酒
在空中摊开手掌
鱼一样，你在指缝里游动

寂寞的时候
心是一只鸟，冲破伤口
越过了古城墙
落在焚书坑儒的地方
遥望我血流如注

寂寞的时候
有人自远方来
给我一张过期的船票
然后，我们一起从世界上失踪

（2）

最寂寞的时候
我混进了白天的人流
和每一个人握手

最寂寞的时候
站在艺术馆的大门口
设想贝多芬、凡·高和天舒
排着整齐的队伍轮流痛哭

最寂寞的时候
我剃光了头
蹲在笼子里写诗

（3）

永远不寂寞的时候
摘掉画上那朵枯了的葵花
再给你添一只完美的耳朵

永远不寂寞的时候
古美人的断臂从海上漂回来
举着橄榄枝和金苹果

永远不寂寞的时候
朋友们一一沉默，在我坟前
大家用灵魂互相接触

1990　开县温泉

一场热恋以后

跟着人们缓缓流向烟囱
一场热恋以后我陷入人流

有人幸灾乐祸地冷笑
有人歇斯底里地痛哭
一路上，白花如蝴蝶般飞舞
仿佛从不曾走过这样一条小路
也从不曾面对一座烟囱沉思
就像那个和我一模一样的人
呆在相框里不知所措

一场热恋以后只剩下这把骨灰
在你的怀里大声呼救

1990　开县温泉

猎人和狼

猎人醒来时躺在狼穴里
腿上的血正汩汩流淌

那天黄昏，一匹狼站在山冈上
落日在山背后摇摇晃晃

一声枪响后，猎人消失了
那匹狼变成了猎人的模样

1990　开县温泉

向天之路

我感到一切都无边无际
仰望满天星斗，用颤抖的手
接受了指引

于是，我像碑一样在此停泊
把伤口交给风，把沉默交给土

于是，我像鱼一样在此停泊
直到长出羽毛和翅膀
我是寓言中最后一只鸟
在东方的青铜上翩翩欲飞
祖先对着我泪如泉涌了
而远方的海，云蒸霞蔚

于是，我像巨擘一样在此停泊
手上流着祖先的河
那是命脉！世代相传的火

向我呼啸而降
而我，对着祖先泪如泉涌了
如同一场浩劫后
即将化作青烟的女人
在庄严的鼓声中泪如泉涌

无论我是否变成树
都降下风来吧！
吹动我的四肢和听觉
它们扭曲，宛如夸父的手杖
宛如石柱的喘息
它们扭曲，黥首刖足的朝圣者
面对你的石塔相向而泣，挥泪如雨

我，开始独行了
从月光淬成的路向天独行
当夜莺围绕着菩提树歌唱
当露水结满了黑色的树梢

我，开始独行了
头戴荆冠，手持葵杖，长发飘飘
肩负岩石的巨灵倒在路上
在他脸上，我走过火山、深谷
走过雷电烙出的伤疤

他的前额是一片广阔的焦土
远处的森林蓬乱而愤怒，丛林尽头
我看见圣殿之顶光芒万丈

赤红的岩浆已涌出沟壑
一头巨鸟的骨架悬在空中
伊卡路斯从天跌落
我听见他随风传送的恸歌——

是谁在仰望光的殿堂
是谁沉醉于玫瑰花香
我们正在匆匆地行走
我们正在匆匆地死亡
是谁拨动了迷人的琴
是谁引我们进入梦乡
我们正在匆匆地行走
我们正在匆匆地死亡

我听见他随风传送的恸歌
仿佛来自石头内部，沉重
而又恍然如梦，如同女巫
用轻盈的舞姿困住我的头
阳光闪耀，那条腿
正在蔚蓝的海里慢慢消失

我觉得风从四面八方吹来
我已看见沉重的云朵

你可是收割来了？
从天而来，拿着幸福的镰刀
唱着安魂的咒语
你可是收割来了？
大理石底下夜色深沉
我正悄悄地靠近树根

1991　开县温泉

镜子里的人

若有所思地面对我
一张撕破了又拼起来的脸

他的眼神格外浑浊
猜不透其中隐藏着什么
我们互相打量，像菜板上
两条面面相觑的鱼

然后，背对背地走着
停着，想着一面镜子
和背后那个莫名其妙的家伙

1992　开县温泉

榆树

一棵榆树长在我的阳台下
昨天早上风吹得它沙沙地响
有些鸟在树枝上栖落
有些人在树荫下经过
它的躯干纹丝不动
最大的枝丫指着远处的河
远处的河向远处流着

这棵榆树长在我的阳台下
昨天傍晚风吹得它沙沙地响
有些鸟从树枝上飞走
有些人在树荫下停步
今天，我看见它的时候
它已被连根拔起了
我发现叶子上有很多水珠

1992　开县温泉

秋天来了

只是摇落一枚枯叶
没想到摇落了整个夏天
他在树下叹了一口气
一阵风突然长啸而去

那一枚枯叶
轻描淡写地掉在地上
树下那个人
跟着风不知去向

1993　开县

侧卧的鸟

动一下头，抬一抬翅膀
都会耗尽毕生的精力
鸟侧卧着像是死了

它卧在冰冷的地板上
周围流动的空气
渐渐散开的阳光
这些，已无关紧要
它的世界只剩下眼睑的重量

现在，它开始努力了
仿佛平生就为了这一次动弹
最后一眼，它看见
有只鸟闪电般掠过云霄

1993　巫山

风中怀古

一吹就是几千年
吹散了朝云暮雨、金阙琼楼
吹散了一截残碑、半炉香火

古往今来的夙愿
缘起缘灭的因果
所有的故事
都隐藏在这一阵风中

1993　巫山

追风的鸟

追风的鸟，掉下最后一根羽毛
他跌倒在一块岩石旁
风挂在附近的树梢上

树的轮廓闪着寒光
在空气里发出尖锐的声响
一寸一寸地透彻他的神经
而风，渐渐不知去向

现在是深夜
空中有几点诡异的星光
山那边，传来了狼的嗥叫

1994　巫山

走出梦魇

（1）

午后，空荡荡的大街上
两只狗警惕地走着

垃圾桶里有几声响动
像是有人偷偷地翻书

它们一直走到我的床边
到傍晚才远远跑开

这时，太阳歪歪倒倒地
落进屋后的地窖

（2）

风把我吹到异乡的街头
在光怪陆离的楼群中
我是一个老掉牙的盲歌手
须发蓬乱，背着二胡
好多奇怪的声音钻入我的皮肤

此刻，躺在你冰凉的怀中
外面风雨交加，一株狗尾草
在窗台上湿淋淋地颤抖

（3）

四壁森严，门窗紧闭
一翻身，那只该死的蚊子
还在附近

穿白衣的少女，呼啸的火车
昏死的鸽子——
这些都隐约可见

窗外的空气沁人心脾

喝果奶的孩子站在草坪中央
穿着鲜红的背心

1995　巫山

琴悟

——献给嵇康

踏歌而来，临风抱琴
正是落叶纷飞之时
满地月光乱如碎玉

一把刀，一炷香，一盏酒
寒光一闪，烟消酒倾

弦断了，弦断了才是琴
有人大笑三声，踏歌而去

1995　开县

房间和一幅油画

堵死了，四面密不透风
那幅画挂在暗影里
夜晚从天窗泻入

野牛，大摊大摊的血
变形的风和箭镞
——半杯红酒

光线向暗处移动
一堆堆杂物涌出墙角
——那头牛蹈火而舞

在明暗之间浮现出
半块布满尘网的天空
有些声响一直在画的背后

1996　开县

雨后庭院

天空，似雨似晴
空气里夹杂着青苔的气息
燕子在屋檐下穿来穿去

风很轻，几点白花
在围墙上闪烁不定
墙角堆满了潮湿的瓦砾

丝瓜架、牵牛花、洗衣台
一群小鸡在槐树下游戏
柴门，半开半闭

1997　开县

鸽子在屋顶散步

正午，鸽子在屋顶散步
一丝风也没有
矮墙上的狗尾草都垂着头

一辆三轮车停在巷口
又旧又破，车架上
搭着半块褪色的红布

巷子里没有任何响动
挨家挨户都关门插锁
有个人在暗处蹲着

整个中午，他一动不动
直到那只鸽子突然飞走
一阵凉风从巷子穿过

1997　开县

将一切融为一体

感觉的碎片四处飞溅
夜深人静了
我把自己锁进漆黑的房间
黑暗将一切融为一体
单调，空洞，一片寂然
我像是置身世界的中心
真相和幻境死死纠缠
那只无形的手
捕捉到一颗灵魂的震颤

没有界限
停在哪里，哪里就是边缘
来和去都是错觉
在深不可测的漆黑里
我看见了自己的背面

1998　万州

县坝村印象

黄昏降临了
像一只大醉的蝴蝶
踉踉跄跄地跌下树梢

风，在天边游荡
落霞映衬最后一群归鸟
炊烟升起的地方
群山环抱梦中的村庄

一切都那么安宁
渡船在树影里轻摇
稀稀落落的虫唱
撒在空旷的田野上

当夜色漫过长渠
晚风吹来两三声狗叫
每一条田坎

都牵着一个蜿蜒的梦
跟着萤火，走向远方

一弯新月
正挂在村口的老树上

1998　万州

纯粹感觉

（1）

从暗处依次浮现出来
带着奇异的声响
这些东西，闪闪发光
它们若即若离地跟着我
整个晚上，有种感觉杂乱无章

走进幽深的通道
像是在从前的某个梦里
那时我陷入一片流萤
找不到出去的方向

（2）

房间越来越空洞

一条闪着幽光的曲线
柔软地滑过来
冷，从我的血管开始
直透指尖，半支香烟终于熄灭了

像一声叹息之后全面崩溃的玻璃
今夜，我成了碎片

（3）

终于被拽出幻境
画布上，五颜六色的声音碎了一地
楼下的货车，突然绝尘而去
此刻，我的感觉短路了
有个人在墙角惊魂未定

一只蚂蚁，搞乱了整条神经
今夜再也找不回我自己

（4）

所有的意识扭成一团

那张脸，一边微笑一边痉挛
灯光聚焦在一粒针尖上
穿白大褂的女人站在床边

窗台上，那只猫蹑手蹑脚地后退
转眼融入外边的黑暗中
感觉，一滴一滴地在血管里消散

（5）

密密麻麻的小鱼
挤进一个薄皮罐子里
那些鱼，瞪着各种表情的眼睛

没有人在意今天的天气
狭窄的车厢里
所有感觉粘贴在一起
有张报纸在站台上飞来飞去

1998—2001

在城市的深处

寒冷，把那些无家可归的人
都扫进了角落，深秋之夜
我独自走在城市的深处

没有目的，所以我不会迷路
像一颗尘埃，在夜风中随意飘浮

灯光正侵入前方的夜幕
岔路口，三只可怜的羊
被挤压成一堆冰冷的雕塑

偶尔有些人影从身边晃过
我们惊讶地回头，互相打量着

马路两边不停地发出声响
许多充满敌意的眼睛躲在暗处
有人喘息和咳嗽

那些目光冻僵了我的手足

黑夜，从四周向我收缩
天亮之前我已无路可走

这种情景使我想起了从前
在另一个城市的深处
许多人围着烛光
低声合唱《欢乐颂》

1998　万州

梦里的情景

那是父亲
裹着风雨渐渐消失的背影
我站在 16 路车站牌下
身上披着他留下的单衣
很多人在身边来来去去

那是父亲
拎着一盒鲜红色的礼品
一步一步地走进那幢楼里
我扭着头倔强地站在楼下
他模糊的背影有些弯曲

那是父亲
孙儿愁眉苦脸地坐在那里
听他讲三个老掉牙的道理
我笑眯眯地在一旁看着
他的白发似乎又多了一些

很多年来，这些情景
总是翻来覆去出现在梦里
每次醒来，都要打开窗户
当清冷的空气扑面而来
那一轮皓月正照彻天地

1999　重庆

读诗

——致 FTL

每扇门都上了锁
很多东西在里面碰壁
我的钥匙丢了
丢在阳光灿烂的果园里
丢在没有船的海边
那时，你的骨头
正一边生锈一边鸣唱
你告诉我
你找回的雪已不是雪

我的手也丢了
找到它时，还在颤抖
捏在手心的
是一块没有化完的石头

1999　重庆

第二辑

废墟上的树

2000—2008

每一个站在风中的人

都化作树影在废墟上复活

阴影与光

树影，沿着墙
一步一步爬上了阳台

她沉醉于婴儿吸奶的声音
没有觉察身边的阴暗

那一刻
阳光凝聚在她的乳房上
白得可以融掉一切

2000　万州

小夜曲

夜的网越收越紧
那条漏网之鱼藏在水底偷听

谁在月光下
一桨一桨地划破湖面
谁在扁舟中
一曲一曲地吹断芦笛

还有谁，守在岸边
悄然无声地将他们一网打尽

2000　万州

城市里的石头

站在城市的路口
整天被几只鸽子戏弄
有时看见一些熟人
他们面无表情，与我擦肩而过

我常常眺望天边
回忆故乡的田野和村落
油菜花开的时候
少女们灿烂地欢歌

如今，我是一堆冰冷的石头
不能欢歌，不能搀着母亲
在夕阳下散步
甚至不能为了一个流浪的孤儿
在夜里失声痛哭

2000　万州

过渡

一个、两个、三个……
每一个迟早都要过去
上了船，就不能回头
我在激流中茫然四顾

前面的风景历历在目
蓝天、原野、森林、溪流
微风中的小木屋
许多熟人在那里等我

我们在船上拼命挤着
没有人想掉进水里
没有人愿大声呼救

2000　万州

阳光下

在一堆腐烂的报纸上
那个人昏睡不醒

阳光溅了一地
我的影子，像一块
皱巴巴的黑布盖在他身上
附近，有两只苍蝇

他的脸涂着一层奇异的光泽
污垢和伤疤后面
透出梦幻般的幸福

阳光开始移动
不知是谁的影子
悄悄落在了我的身后

2000　万州

突围的鸟

是黑暗压迫了翅膀
还是流星击中了胸膛
我倒悬在半空中
大口大口地喘息着

昨天，突围出来
零乱的羽毛、疲倦的目光
被扼死的歌喉和梦想
一切，都丢在那个又小又破的
笼子里，天空竟如此诱人

而此刻，我的血已冻结
在跌下云端的一刹那
我看见，笼子外面
是一张无边无际的网

2000　万州

行吟者是一阵风

行吟者是一阵风
漫无目的在野外吹着
露水湿透了他的行囊
落叶遮盖了他的去路

行吟者是一阵风
无声无息在街上吹着
钢筋挂破了他的衣衫
霓虹涂脏了他的皮肤

行吟者是一阵风
孤孤单单在梦里吹着
行，是今生的命运
吟，是永世的归宿

2000　万州

终于停下来了

（1）

他终于停下来了
停在从前某个片段里——
女人正专心织着毛衣
几个孩子在门口跑来跑去
阳光从对门屋檐洒下来
巷子里，青石板洁净如洗

那时，他坐在门槛上
一边眯着眼睛，念念有词
一边晃着头自己感动自己

（2）

他终于停下来了

停在河边的阳台上
停在一盘平分秋色的残局旁
与他对弈的人不知去向
观棋的人都去了远方

阳台下，黄葛树叶茂枝繁
当初随手扔掉的瓜瓤
长出了大片大片的冬瓜

他一直坐在那把藤椅上
黑子和白子都蒙上了灰尘
天色，渐渐变得有些泛黄

（3）

他终于停下来了
停在昏暗的灯下
停在一张破旧的床上

老了，连影子也老了
他的风，他的旷野
他的星光和二胡，这些全都老了

空荡荡的老屋里，除了他
就只有些窸窸窣窣的声音

2000　万州

突然闪现的光

是黑暗孕育的种子
还是梦魇结出的果实
一颗流星从眼前飞逝
这方天地万籁俱寂

沉浸在突然闪现的光里
倾听着夜空的召唤
像一个熟睡的婴儿
渐渐融化，渐渐升起
渐渐回到最初的空灵

2000　万州

在旅馆里

灯光，潦潦草草地
把我涂在一堵墙上
有种感觉落入尘网

门外，是潮湿的过道
有人蹑手蹑脚地走着
白天我经过的时候
没有发现什么蹊跷
隔壁房间的女人
老是把床弄得吱吱地响

这一夜，关节痛得厉害
明天一定要回家
回到河边那个小屋，在火炉边
听你唠叨，和你一起老

2000　重庆

走出影子

（1）

埋着头四处游荡
在灿烂缤纷的大地上
我陷入了自己的影子
看不见周围的阳光

（2）

我的影子是一堵墙
挡在面前，让我孤单和寒冷
墙外的人来来往往
他们莫名其妙地哭着笑着
互相拥抱和厮杀

我在影子里左冲右突

无论行走还是倒立
都被它死死困住

（3）

于是，我迷恋每个夜晚
在黑暗的怀里化作蝶
化作水，化作风

我化作蝶潜入春晓
在扑朔迷离中翩翩起舞
我化作水从天边流过
将沉没的古船荡入虚空
我化作风在旷野吹着
将一生一世的梦散成烟雾

（4）

一切变得简单而直接
时光如水，带走一切事物
谁能挽救荒芜的家
谁来守护神圣的火

（5）

我在影子里静静地站着
没有方向，没有去路
只有这扇漆黑的门敞开归宿
我常常听到门后的雨声
有一天，我将回到雨中

我在影子里静静地站着
等待阔别多年的亲人和朋友
我在人间迷失这么久
是谁为你们挡风
是谁为你们唱歌

（6）

匍匐在这片大地上
一点一滴融入自己的影子

那一刻，我听见
化为灰烬的草在发芽

血染胸脯的鸟在鸣唱
我听见头上的青天在黑暗中
周而复始地破晓

(7)

直到有一天
站在神往已久的雪山上
在离天最近的地方
等待四面八方的风声变成歌谣
等待那些难以弥合的伤口
变成迎风盛开的莲花

直到有一天
站在神往已久的雪山上
我们沐浴着绚丽的朝霞
在互相辉映的时刻得以永生

2000　万州

逃亡者

他奇怪地看着落日
和一条汩汩淌血的腿
那一刻几乎没有痛

穷追不舍的火把和箭镞
黑暗中不怀好意的响动
一切很快就化为乌有

他甚至一点感觉也没有
就像昨天夜里，突然陷进
四面八方的脚步声中

2001　重庆

从此以后

从此以后，这里就是栖身之所
他将最后一根树枝放在岩缝里
狂风正从悬崖边扫过

从此以后，击喙拔羽另谋生路
像一只雏鸟站在岩石上
几点星光在他眼里冷冷闪烁

从此以后，他伪装成一只鹦鹉
早上飞进笼子里跟人学舌
晚上回到这悬崖边守望星空

2001　重庆

在没有你的城市里

——给 XYJ

在没有你的城市里
我变成了一碰就碎的瓷器
把自己关进画框挂在墙上
然后，安静地等着你开门的声音
窗外的大街车水马龙
我听见嘈杂之中藏着一声叹息
那声叹息藏在很深的地底
它一寸一寸地爬上树梢
化作一掌枯叶随风而去

而我，就在这间斗室里
没有叹息，没有围着一张茶几
转来转去，茶冷了
我一直盯着对面的墙壁

2001　重庆

零点酒吧

男男女女，神出鬼没
一个个像是刚从油漆桶里爬出
在忽闪忽灭的霓虹里
金属般的音乐抽打着空气
抽打着那些千姿百态的肢体

红酒，妖艳得令人眩晕
酒杯上涂着一枚幽蓝的唇印
那个女郎突然消失了
刚才，她还坐在对面角落里

2001　重庆

囚徒

被它滋养也被它禁锢
长在湿漉漉的黑树枝上
这些白色的花瓣
犹如一群生活的囚徒

我们这些生活的囚徒
犹如这一树白色花瓣
可以轻松挣脱树枝
却无力承受真实的自由

2001 重庆

竹海偶感

说不清等了多少年
一直等到竹林变成竹山
竹山变成竹海
那个想宁静致远的人
最终还是没有来

2002　永川

尘埃尚未落定

风停了，尘埃尚未落定
就像曲终人散之后
有一抹余音经久不息

我盯着最渺小的那粒尘埃
他在我的目光里左冲右突
始终找不到立锥之地

终于，他停在一枚枯叶上
那枚枯叶停在泥泞里
泥泞里，撒满零乱的脚印

而我，刚刚从一个脚印里
爬出来，就被另一阵风卷起
脑子里只剩下一大片泥泞

2002　重庆

废墟上的树

每一丛摇曳的树影
都隐藏着一个风的传说

每一处残垣的背后
都有一段岁月在风中凋落

每一阵穿过废墟的风
都吹散过祭坛上的香火

每一个站在风中的人
都化作树影在废墟上复活

2002　重庆

从碑下路过

每一次我从碑下路过
他都在碑的上空盘旋
那只灰鸽，从白鸽群里飞出来
盘旋一阵后就消失在天边

很多人在碑下留影纪念
他们全都打扮得花枝招展
没有人关心碑和鸽子的故事
阳光明媚得令人心悸不安

2002　重庆

在大院里散步

一边走，一边琢磨
那只已经远走高飞的鸟
刚有一点头绪，天就黑透了
大院里的景物有些朦胧
二号楼的灯在树影上闪烁

记得刚才还是中午
刚才，花坛上还有几只蝴蝶
曼妙起舞，怎么一转眼
阳光就被我弄丢了

2002　重庆

鸽子像往常一样

鸽子像往常一样落在楼顶
天空，蓝得有点出奇
几朵白云悠闲地飘来飘去

中山四路上行人不多
摆烟摊的婆婆正打着盹
没有发现我从旁边经过

树荫下有几个歇凉的民工
那条黄狗警惕地瞥我一眼
又耷拉着头继续打鼾

总觉得有什么大事被忘了
走在路上，若有所思
鸽子像往常一样飞入云端

2003　重庆

拉拉渡口

方头渡船停靠在对岸
漫山翠色逼人而来
小白塔下，风吹了一百年
许多旧事烟消云散

拉拉渡口，女孩变成了石像
再也变不回当初的女孩

2003　秀山

在哪里下船

下一块礁石
也许就是此行的终点
他下了船，一口气游到了对岸

我们在船上坐立不安
想什么都不重要，下不了船的
只能回到本来的状态
许多木头变成了舢板
许多草芥变成了船帆
许多人犹疑地抱着救生圈

风浪一直就没有停下来
我还没有想明白在哪里下船
这船已闯过了无数险滩

2003　重庆

沿着河向前走

听说，忘川河边有棵树
可以称量出今生的善和恶

听说，菩提伽耶有棵树
坐在树下可以忘掉因和果

听说，沿着某条河
一直不停向前走，就会遇到
与你前世有缘的某棵树

听说，某棵树上有个洞
只要对着树洞大喊几声
就会从此过上甜蜜的生活

2003　重庆

在鸽子广场散步

上午，在鸽子广场散步
正想着白鹭洲为何不见白鹭
就被“井喷”的消息搞蒙

昨天夜里，我突然失眠
总觉得神经被某个东西揪着
总觉得窗外的风在暗示什么

隔壁那人也是来开会的
晚饭后，我俩打过招呼
他的房间整夜没有一点响动

今早起床，我感觉有些恍惚
两只眼睛都充血了
说不清哪个部位在隐隐作痛

2003　厦门

颠覆

多年以前，有人说
眼睛是心灵的窗户
多年以后，才发现
你的眼睛是别人心灵的窗户

多年以前，有人说
孤独是医治平庸的良药
多年以后，才发现
平庸是医治孤独的良药

多年以前，有人说
从容是人生的最高境界
多年以后，才发现
人生的最高境界是故作惊讶

2004　重庆

诗人死了

从今天起，我要矫正视力
不再把榆树看成是一个老人
不再把影子看成是一块抹布

从今天起，我要端正态度
坚信比自由更重要的是活着
坚信比尊严更重要的是粮食

从今天起，我要摆正位置
学习淘米煮饭，学习刷锅洗碗
学习看人的时候睁只眼闭只眼

从今天起，诗人死了
把那些诗扔进角落扔进黑夜
把那个人埋在星空埋在古代

2004　重庆

赴永川途中

最后一线天光暗了下来
乌云压弯了前方的地平线

所有的鸟，都成了惊弓之鸟
所有的蝉，都噤若寒蝉

远处的丘陵、田野和村庄
挤成了黑压压的一大片

起风了，地上落叶翻飞
起风了，还要继续赶路吗

2008　重庆

第三辑 梯䄿上的庄子

2017—2019

他的精华裹满泥浆

跟随一行脚印，走在夕阳下

醒来时

（1）

醒来时，变成了一张头像
一则发黄的寻人启事
一面僵硬的水泥墙
一些偶尔瞥过来的灯光

有只猫躲在墙角
我确信，它知道我还活着
我确信，它早就发现
这张布满皱纹的脸
隐藏着令人不安的嘲讽

远处的大街上
雨淅淅沥沥地下着
很多年、很多年以前
我丢失在街头的那串钥匙

终于被一个孩子捡走
那是谁家的孩子
游荡在寒冷的雨夜里
面色苍白，衣衫单薄

在他即将消失的时候
我看见，他突然回头
迎着风雨，一步一步向我走来
然后，像我一样
把自己张贴在墙上

（2）

醒来时，流落街头
在城市的最深处
钟楼依旧还是钟楼
灯火阑珊处
那个人依旧不知所措——

像是身陷另一个梦境
到处都是阴影
每一座大楼都被扭曲
人们赤身裸体，面无表情

有的摔倒，有的倒立
他们身不由己纠缠在一起

像是回到过去某一天
钟楼旁边的广场上
成群结队的鸽子
排练着一场大型舞剧
当时的情况有些荒诞
很多人在附近跑来跑去

感觉自己一直站在那里
凝视着对面的那个自己
我们被灯光和各种碎片包围
无论怎么呼喊
都听不见对方的声音

（3）

醒来时，在一座偏远小城
城南河边的小楼里
一堆旧书，一把藤椅
一个老态龙钟的人半躺着
那匹花布，遮住了窗外的风景

除了偶尔想一想当年
他再也想不起任何事情
只记得那是个秋天的上午
穿过了一条青石板街
广播里突然奏响哀乐
大街小巷，老人们齐声痛哭
母亲说，我们的天塌了

从那以后，老人和天
总是在同一个梦里出现
那个梦里，他站在天边
他坚信，这里一定是天边
没有归途，没有远方
没有嘈杂的地铁站
也没有大片大片的火烧云

只有一个老态龙钟的人
与他不期而遇

2017　重庆

在幽暗森林边缘

——心游《神曲》第一篇

后有幽暗森林，前有明媚山冈
三只野兽把守住通往山冈的方向
他一边慌不择路地后退
一边声嘶力竭地对着空气呼救
我确定，除了空气什么也没有
只有他才能看清藏身虚无的魂魄
然后，他在我面前凭空消失
留下我，独自在明暗之间踯躅

一匹母狼游走在森林边缘
她瘦得只剩下一具嶙峋的骨架
每走一步，就会发出一阵吱呀声
看不出绿油油的两粒眼珠里
哪一粒藏着蜜，哪一粒藏着毒
她从暗与明的分界线向我逼近
却又怯懦地试探着，不敢向前

一头狮子正昂首眺望远方
顺着他的目光可以看到众神之乡
那里电闪雷鸣，转眼又霞光万丈
许多像是翅膀和犄角的阴影
与悬崖峭壁的影子相互碰撞
他纹丝不动地站在山冈下
高昂的头颅正一边石化一边膨胀

花豹，懒洋洋地在阳光下假寐
色彩斑斓的外套令人晕眩
他的左眼半眯着，右眼半睁着
致命的长尾藏在身后的草丛
每一株草都耷拉着头，恹恹欲睡
最容易被忽视的是那些钢针
它们像胡须一样长在金色花斑上

我站在三只野兽的包围圈中
衣衫褴褛，头发蓬乱，遍体污垢
前面的山冈近在咫尺却远在天涯
后面的森林如无法逃脱的噩梦
别无选择，就这样一直耗下去
直到有一天，他们全都变成石头
直到有一天，我也变成石头

2017　重庆

那瞥目光一扫而过

一瞬间，天裂开又合拢
天外那瞥目光一扫而过
像是什么东西正在破碎
空气里，一粒尘埃突然落定
这方天地被它轻轻一碰
有人站在山顶，一动不动

2017　重庆

一场没下完的雨

从前那一场没下完的雨
一定还在某个地方下着

我经常跋山涉水去梦游
每次回来，总是全身湿透
总是说不清发生过什么

依稀记得梦游的人有很多
每个人都冒着雨拼命赶路
都把自己包裹得密不透风

我们听见了彼此的喘息
却怎么也记不住对方的面孔

2017　重庆

生锈的羽毛

他从风暴里挣脱出来
转眼又陷入另一场风暴
劫后余生，只剩这根羽毛

这根羽毛在我面前晃荡
像夜空中的一抹萤火
微弱得令人不屑吹灭他
只是那一身斑驳的锈迹
让我想起青铜，想起一只鸟

今夜，外面风平浪静
那根羽毛，搁在一本厚书旁
有几点烛光滴在书桌上

2017　重庆

风声并不是风的声音

风声，并不是风的声音
是一潭死水泛起的涟漪
是一颗沙砾与满天星斗的共鸣
是一枚枯叶和一只掉光羽毛的鸟
在突然消失之前的偶遇

风声，并不是风的声音
起风的时候，世界万籁俱寂
所有声音都躲进你心里
而你的声音躲进了风里

2017　北京

最后一支哀歌

——献给仍在向天之路上的人

一出场，就发出万丈光芒
你高举的手还没收回来
躯体就已熔化，除了狂热
没来得及有别的感觉
出场的，只是他的一只眼睛
一只悲天悯人的眼睛

当时，你坐在光秃秃的山丘上
高举双手，仰望天空
用沙哑的嗓音唱起杜伊诺哀歌
你的身旁没有海湾和城堡
也不曾有一阵波涛涌上前来

他悲悯的目光从天而降
熔化了山川丘壑、沟谷岭槽
熔化了岩石、沙砾和土壤
曾经包罗万象、无所不纳的大地

在他的悲悯里化为烈焰
化为飞灰、化为火浆、化为虚无

其实最先湮灭的是周围的光
他的光芒驱散一切光芒
如同在黑暗的笼罩下不再有黑暗
然后，他又收走所有的水
哺育和滋养万物的水
水的悲悯在他的悲悯中消融

你的手和一阵风悬在空中
跟着四面八方的空气熊熊燃烧
袅袅青烟朝着他的方向扶摇而上
每一缕青烟都虔诚无比
如同祭坛上虔诚无比的少女
那些青烟，在最接近他的地方
在他悲悯的眼里，缓缓消散

那一刻，没有谁能站在大地上
没有谁能撑得开自己的翅膀
所有翅膀都被卷入岩浆
所有翅膀的虚影都瞬间蒸发
那些树像是从来不曾出现过
每一根纤维都消散在空气中

只有根须，断在最深层的地底
成为这方厚土最后的生灵
不，还有你。你只是睡着了
你的感官化为灰烬，归于尘土
你的魂魄却被岩浆紧紧包裹

终于，那只悲悯的眼睛消失了
其实他不过是随意一瞥
天空彻底寂静下来，漆黑一片
大地如一粒被放逐的尘埃
渐渐冷却，渐渐回归原点
有一粒光在虚空里若隐若现

终于，这粒光再一次盛开
大地又喷出了谷壑山峦
隐隐约约像是有风声传来
不，不是风声。那是一截根须
在地底蠕动，那是一颗灵魂
在坚硬的岩壳里吟诵——

一万年后，那截根须将枝繁叶茂
十万年后，苍茫大地将万木竞秀
百万年后，你会在一棵树下复活

2017　重庆

最后的守护者

他留守在路边
日复一日，年复一年
前方，许多火把在那里长眠
这条风化的路长满苔藓

他留守在路边
守着一片即将荒芜的家园
树影在夜空中舞蹈
黑色的暴风雪席卷旷野

他留守在路边
像一头化作岩石的野牛
在黑暗中孤身战斗，无路可退
这里已经是天的尽头

2018　重庆

诗和远方

那时，流浪是一种境界
最喜欢寒冷的雨夜
蹲在城市的某个角落
寻找被寂寞淋湿的感觉

那时，不喜欢喂马和劈柴
也不懂得关心妹妹
躲在集体宿舍里
每个夜晚，被诗和远方
折磨得死去活来

后来，我去了远方
带着一家老小背井离乡
遇见的人都很忙
没人记得，有一年春天
我倒在了回家的路上

再后来，我也学会了忙
终日混在人群里东张西望
偶尔会想一想远方
想起那时，有一群流浪诗人
冒着风雨不知去向

偶尔，也会想起故乡的小镇
想起一个少女的葬礼
那天上午，我突然酩酊大醉
挤进了正在悲伤的人群

2018　重庆

老树

那棵树老得只知道他是一棵树
他的手一直颤抖，一直举着
用尽毕生之力，却什么也没有抓住

他抓不住一朵高高在上的云
抓不住一只想要飞走的鸟
甚至抓不住自己身上枯萎的枝条

那棵树，就站在对面的山冈上
每天黄昏我都面朝他胡思乱想
我的手不停地举起，又不停地放下

2018　重庆

从灰烬里爬出来

记不清自己涅槃过多少次
这个世界轮回得太快
一觉醒来，又是沧海桑田

每一次从灰烬里爬出来
都把自己搞成一片空白
那些灰烬，埋葬了我的从前

可这世界轮回得实在太快
一转眼，所有的人都去了彼岸
我又被扔回从前那个河边

2018　北京

老树与老人

——致 LSC

无论站成哪种姿势
都与四周天然一体
树枝随意地摆动，让人
无所谓那个佝偻的影子

有个老人坐在树旁
眯着眼睛，他们像是在分享
一些隐秘的往事，没有人
知道他们的沟通方式

夕阳，停在院墙上
有只蚂蚁从树洞里爬出来
绕着老人转了两圈
然后从容地回到树洞里

2018　重庆

我和窗外的树叶

每一根脉络里
都有一条奔腾不息的河
每一条河的岸上
都有一间随意搭建的小木屋
我在这片树叶里住了很久

无论刮风还是下雨，每个夜晚
我都以梦为舟，横渡虚空
像一条小鱼游入那片河网里
自由自在，随波逐流

每天，我都去河畔散步
一边呼吸碧绿色的空气
一边琢磨那一片更加虚幻的星空
有时，我会化身沙砾潜入河底
仔细体会被水草抚摸的感觉

累了，就饮上几滴露珠
随便找　间小木屋
随便做一些奇怪的梦
在梦里，总是看见一扇窗
看见一个正在做梦的家伙

2018　长寿

天空与沙砾

藏在许多游荡的沙砾中
看不出他的内心有朵忧郁的火
像是弹出指尖的一滴泪珠
这颗沙砾，击碎了我的天空
我的天空如此脆弱
脆弱得禁不起一次随意的触碰

我的眼里只剩这颗沙砾
那些破碎的意象在他周围飞舞
一边飞舞一边重叠一边消融
像天空一样，把我重新包裹
2018 年最后一个夜晚
我在一颗沙砾的内心深处度过

2018　重庆

偶感

（1）

学会忘了自己，才听得懂鸟鸣
那其实就只是一声鸟鸣
绝对不是一声叹息

如果有一天，风景因你而简约
你就是一个幸福的人

（2）

年轻时，像一只鸟
把自己飞丢了才醒悟
平身所求不过是一个巢

年老时，像一棵树

劫火焚身时才发觉
根扎得太深，自己把自己困住

（3）

习惯与每一个人为伍
习惯毫无意义的忙碌

人到中年以后
值得记住的人越来越少
需要忘记的事越来越多

（4）

拆自己心里的墙
拆别人心里的墙
墙没了，一切都没了

（5）

在生活这面镜子里

你得到的所有回馈
其实都是你曾经付出的东西

（6）

生活很简单，人也很简单
但世上从来没有一个简单的人
能够过上简单的生活

（7）

人为什么要生两只手
一只手，用来捡石头
一只手，用来扔石头

2019　重庆

行走在浩瀚星空下

——给 CFL

行走在这浩瀚的星空下
孩子，你还记得回家的路吗

那一年，你蹒跚学步
在初现的晨光中离开呵护
当你把第一个足印踩在地上
你可知道，这一步之后
就从此背上了沉重的行囊
你就要披星戴月去赶路
直到踏遍人世间每一处荒凉

那一年，我们举家远行
在茫茫人海中东奔西走
流年似水，静静地流淌
生活如山，压弯了多少脊梁
母亲的眼角又多了一分感伤
是否就是那一分感伤

让你的目光变得如此倔强

那一年，你远走他乡
到千里之外寻找你的路
前方遥远，却拦不住你的脚步
你留下背影，背上行装
从此，扛起人世间的如磐风雨
从此，扛起每一个雨夜
母亲从远方寄来的泪光

行走在这浩瀚的星空下
孩子，你还记得回家的路吗

你走在他乡的路上
风餐露宿去寻找你的远方
你的远方到底有多远
你可知道，每一次远行
都注定是不堪回首的流浪
每一次刻骨铭心的成长
都注定是另一次迷茫

那一年，你走在路上
走在了我们曾经走过的路上
亦步亦趋，跟随着如潮人流

没有人在意你身在何处
没有人在意你为何受伤
像一匹被放逐人间的孤狼
你倔强的目光失去了方向

走在这最漫长的冬天里
孩子，大雪之后回家吧
你寻找的远方就在归途中
在群山之间，苍穹之下
你可知道，为你遮风挡雨的人
正等着你遮风挡雨
给你一个家的人在等你回家

当尘世的喧嚣终归于平静
蓦然回首，岁月如歌
在那条滚滚而去的长河中
你会找到一叶归舟和一段传说
传说心中有一个幸福家园
那是炊烟升起的地方
人们在那里过着朴实的生活

行走在这浩瀚的星空下
孩子，你还记得回家的路吗

2019　重庆

有个声音隐藏在夜里

有个声音隐藏在夜里
像是有人在那里絮絮低语
像是在叙述一些陈年旧事
隐隐约约听到几个熟悉的地名
都是与我有缘的地方

那些地方已无迹可寻
相关的人也各奔东西
只剩些琐事挂在蛛网上
过几年就会把它们遗忘
直到有一天，我也被遗忘

我知道，即便一切都被遗忘
这个声音也不会消逝
它一直在那里等着我
却一直无人知道它源自何处
满天星斗隔绝了那片时空

那片时空也许有另一个我
正在经历那些被我遗忘的事
正在像我这样被一个声音困惑
抑或我们正隔着一扇窗
在这个夜里互相触摸

2019　重庆

在天桥上散步

再不用愁苦而终穷
也不用担心美人之迟暮
他驾一叶扁舟去了洞庭湖
在长满芷兰的湖畔
筑一间茅庐，种几株橘树
卧听风波，坐看日落
从此过上幸福的生活

而我，正在天桥上散步
正想着两千三百年前那个人
顷刻间，像是互换了时空
我在湖边揽涕而伫眙
他在桥上看着对面的高楼
一阵喧嚣把他拽入人流

2019　重庆

诚实的蔬菜

这些蔬菜都是诚实的
土生土长，呼吸着阳光和空气
它们的表和里都很诚实
一眼就看出各自的气色和秉性

我家曾经种过这样一块菜地
这些蔬菜就长在那块地里
那块地是一块诚实的地
走在上面，可以一步一个脚印

2019　壁山

这天气让人心绪不宁

闷热的天气让人心绪不宁
我和我见过的人全都心绪不宁
已经好多年没遇到这种情形
昨晚，刚出电梯就被狗咬了一口
那条狗一声不响地在电梯口守着
今天到疾控中心的时候
没想到排队的人如此之多

我怀疑全城的狗已搞好串联
我怀疑它们正在密谋某个重大事件
微信里没有这方面的消息
几个女明星转移了公众的视线
没有人关心闷热的天气
没有人说得出天气与狗的关系
可是，这天气总让人感到心绪不宁

2019　重庆

江边怀古

每次觉得这阵风不会吹太久
就被迎面吹来的风弄得无所适从
这阵风颠覆了我对风的感觉

那天，我正在江边怀古
还没来得及进入把酒临风的状态
就遇到了这阵突如其来的风

我直觉，这阵突如其来的风
肯定在某棵树上埋伏了很久
那棵树一直埋伏在很多树中

这阵风忽左忽右忽远忽近地吹着
那些风中的鸟凌乱了
那个风中的人落荒而逃

2019　重庆

嘉陵江边

怎么也听不出是哪个老友的声音
傍晚，我接到这个陌生电话
就稀里糊涂到了嘉陵江边

鸣笛声和叫骂声正乱作一团
北滨路上，车堵得天旋地转
发传单的媒子在车堆里如鱼得水

路边，密密麻麻都是饭店
各种揽客的绝招令人目瞪口呆
路过的女人一个比一个妖艳

后来，那个人一直没有出现
我看见嘉陵江从云霞中荡漾而来
那一江金色的波光如梦如幻

2019　重庆

藏在树林里的鸟鸣

——给 XYJ

心里的空地已绿树成荫
这么多年，你一直住在那里
每天清晨，推开窗户
就会看见那片葱绿的树林

树林里，我藏了三声鸟鸣
这三声鸟鸣都铭刻在石头上
传说，那是一颗通灵的石头
它能传承三生三世的记忆

我把这颗石头埋在树林里
让三声鸟鸣在每个夜晚苏醒
听它们吟唱一个古老的故事
从我的心里，到你的梦里

2019　重庆

没有你的世界

——给 XYJ

不能想象，没有你的世界
我会在冰凉的地底醉成什么模样

我不在乎，能否再次见到
那一轮阅尽悲欢的月亮
我不在乎，会有多少树根
从四面八方刺向我的胸膛
我不在乎，除了一抔黄土
会不会有更多的原野感到悲伤

那隔断我们的无尽时空
我会把它一杯一杯全都饮光

2019　重庆

黄昏冥想

一只蝴蝶悄悄飞过来
还没来得及变成你的模样
就醉醺醺地掉进画框
落日正在树梢上挣扎
怎么落也落不下那个山冈

时间，被你定在黄昏
无论等的人来还是不来
都注定逃不出你的冥想

2019　重庆

提婆达多的石头

老是想起那块石头
却老是想不起为何被它砸中
想不起被砸之后究竟有何感觉
甚至，记不清是它砸中了我
还是我故意被它砸中

那些与之相关的事已过去很久
久得就像从来没有发生过

这块石头肯定与我有缘
每当我淡忘了它的存在
它就毫无征兆地从脑子里飞出
我怀疑它是胸腔里的另一颗心
我怀疑它一直隐藏在心的背后

这块石头上刻满了音符
每个音符都隐秘得令人迷糊

暗中扔石头的人一定还在暗中
一定正琢磨着手中的石头
一定也像我一样满脑子疑惑
我见过他的手指，没有看清他的脸
他的手指像是五根黑色的弦

2019　璧山

风雨夜

——致 NJ

风雨夜，我想起一个朋友
在桃花盛开的狮子山上
我们曾经击掌相约
从此以后，变成两棵大树
肩并肩地守在天边
守住传说中最后一个村落

后来，茫茫人海
把我们隔绝在尘世的两头
我不知道，尘世的另一头
是否也是天的尽头
我不知道，在天的另一个尽头
你是否找到了传说中的村落

我时常梦见天边和一棵树
天边，一直狂风大作
那棵树无比绚丽地伸展着枝叶

却始终不曾离开原地半步

后来，我也退到了天的尽头
我确信，背后没有退路
也没有传说中的村落
那一年冬天，我正在天边蛰伏
还没有来得及长出根须
就被一阵轻风吹入尘世之中

像一颗沙砾，落入茫茫人海里
渺小得没能溅起一丝涟漪

后来，我变成了一条鱼
和很多鱼饵一起在水里游戏
每个风雨夜，我都会沉入水底
在乱石丛中缅怀一条大鱼
传说那条大鱼长出了翅膀
击水千里，破空而去

偶尔，也会想起远方和彼岸
想起有棵树一直在岸上傲然挺立

2019　重庆

月下昙花

饮尽了人世间的冷暖炎凉
他乘风归去，醉卧于高天之上
将万古惆怅酿成一滴暗香

这滴暗香落入我的花坛里
刹那间，绽放出一世芳华
一枝昙花梦幻般消融在月光下

这月光下的刹那芳华
那挥之不去的万古惆怅
谁曾因谁而生，谁又为谁而殇

2019　重庆

写给后世的人

我咏叹过的
每一个人和每一个地方
都将成为传说

你们，也许会记住他们
也许会将他们遗忘

我相信，你们中也有人
会在夜深人静时
对着虚空玄想——

他们去了哪里
他们真的存在过吗

2019　重庆

梯稗上的庄子

——《庄子·逍遥游》：至人无己，
神人无功，圣人无名。

之一：化鲲

没有人能看懂我的表情
我跟着人流在桥上走来走去
认识我的人都感到很诧异

他在远处的河底观望我
从昨晚到现在一直目不转睛
他的身边还有一条大鱼
我一直在桥上走来走去
把向西的队伍搞得不知东西
卖汤的婆婆在那里生着闷气

他身边的大鱼只是一个骨架
据说大鱼的魂魄去了北冥
据说大鱼变成了更大的鱼

之二：化鹏

黑夜吞噬了外面的天地
所有的光都被关在屋子里
屋子里，有个人双目紧闭

不知道他已沉睡多少年
不知道他的心神去了哪里
墙上的时钟停在上个世纪
那间屋子埋藏在我的心底
而我，躺在屋外的空地上
猛然想起自己原本是一条鱼

昨天，我挣脱那个黑色大泽
还没来得及抖擞一下翅膀
就被狂风扔在了这片夜色里

之三：积风

那阵风像是故意躲着我
每次赶过去都迟了一步

遍地狼藉，没留下半点线索

他趴在一望无际的天坑里
听见那阵风刚起于青萍之末
就被我一脚踩回泥土中
背负不知其几万里的翅膀
在这个天坑里原地踏步
许多鸟在我头顶上载歌载舞

而他，早已掉光了羽毛
在即将变成山脉的一瞬间
他感觉有一阵风正透体而出

之四：蟪蛄

他从地底下爬了出来
趁着黄昏爬上了通天的树干
那只大鸟正在天外盘旋

我蛰伏在阴暗的地穴里
探听另一个世界的动静
探听他蜕化在风声中的隐秘
他正一步一步地爬上树梢

把阳光收入两片薄翼
把过去的一切都丢在了过去

终于，他向天一跃遁入树丛
在寒风中留下最后一声悲鸣
那只鸟，依然盘旋于天际

之五：稊稗

每一次，被踩趴在地上
每一次，都站起来抖掉泥浆
他站在田埂边无处可藏

不知道应当警惕哪一个方向
这些脚印从四面八方落下
他的宿命，就是忍受践踏
我在远处的荒地守望着他
从每一个石缝里伸出穗子
等路过的风把我吹到天涯

而他终于等来最后的践踏
那一刻，他的精华裹满泥浆
跟随一行脚印，走在夕阳下

之六：泽雉

他的世界不会有日晒雨淋
他被蓄养在这个樊笼里
从来不用十步一啄百步一饮

他终日在樊笼里转来转去
每天的风，都格外沁人心脾
方寸之外不再有任何风景
笼子外面是我的栖身之地
我天天坐看他原地打转
偶尔也飞上矮墙，坐看风云

偶尔也会想起天边的沼泽
在那里，我和他不期而遇
那天黄昏我们并肩飞向风雨

之七：梦蝶

梦见的是一只不会飞的蝴蝶
我曾经在展览馆见过他

当时，人们排着队去见他

他被钉在了一块绸布上
外面还罩着一个精致的画框
我和他隔着玻璃相互疑惑
我疑惑，梦见庄生的蝴蝶
或许与他没有什么因果
我不清楚他在疑惑我的什么

从那以后，我经常白日做梦
我梦见自己变成了蝴蝶
在一天清晨被人用大网兜住

之八：栎社树

从不把自己当成一棵树
他只是想藏身在树林中
找个地方，一声不吭地生活

他的枝丫随意地伸展着
不在意结出的是不是果实
也不关心路过的是不是秋风

他一声不吭地站在那里
所有的熟人都对他熟视无睹
他的身边多出了几行小路

他像是做了一个很长的梦
醒来时，忘了这里所有的树
有人给他的枝丫缠上了红布

之九：江湖

太阳烤焦了远处的山冈
池塘的水干涸了，那些鱼
正瞪着眼，互相吐着泡沫

很久以前他就感到疑惑
不得已还是游入了这个池塘
躲在水底匆忙变成水草
他看见一条鱼浮出水面
趁着夜色跃到附近的树枝上
转眼遁入一大片树叶中

风，正像火一样卷过来

留下了一枚枯叶、一介草根
还有一个鱼和江湖的传说

2018—2019　重庆

第四辑 与春天交融

2020—2023

春天，我用心与你交融
像阳光一样融化你
像朝露一样被你融化

与春天交融

我用手指呼吸
一枝馨香透出的温暖
和泥土气息中藏着的柔软

我用眼睛聆听
雨声孕育的一抹绿意
和鸟语中绽开的花影

我用耳朵察看
幼苗破土时的欢呼
和一条小鱼在水里歌唱

春天，我用心与你交融
像阳光一样融化你
像朝露一样被你融化

2020　重庆

闲暇时光

那棵老榕树正恹恹欲睡
园子里的草也恬然如常

蚂蚁成群结队地忙碌着
有只麻雀悄悄离开树梢

一丝起风的迹象也没有
正午的阳光洒在台阶上

难得有如此闲暇的时光
我们同处一隅相悦相忘

2020　重庆

风还在不停地吹

——致 TL

竹叶，丢下我的影子
在空中翻飞，我停下来了
这阵风还在不停地吹

这阵风里藏着很多声音
仿佛听见鸟鸣嘤嘤
还听见有人唱郢人逝矣
那一片竹叶已随风远去

我坐在一笼修竹旁
等风停，等风停之后
那一片竹叶飘回诗里

2020　重庆

公园里的报纸

半张掉在了水洼里
还有半张挂在旁边树枝上
这张报纸看着有些眼熟
路边的长椅空无人影
几只蝴蝶正互相追逐

微风在林荫道上漫步
亭子里有个人等了很久
他的手里也有一张报纸
报上那个人愁眉紧锁
那个人，越看越不像我

2020　重庆

云篆山怀古

那个曾勒马峰头的人
已御风去了青霄上
回望山脊，青林翠霭间
后来的人寥寥无几

二百六十年后我来了
站在让他勒马的地方
仰天叹息，那带走他的风
是不是还带走了什么

2020　重庆

竹溪河即景

岩下水流跌宕婉转
岩上古树虬曲盘旋

八九间草屋隐没林霭
两三里石径斜入空山

清波之上不见渔父
一群野鸭正逐波嬉戏

那个俯钓长流的人
近在身边，远如画里

2020　重庆

陶艺

那个像是人的泥坯
在她手里，越来越像是一个人
她的指间颤动着神秘的韵律
牵引我的心神凝成一线
向那个人缠绕过去，凝成一滴
一滴如冰晶般剔透的漆黑
突然绽放在那个人的眼珠里

刹那间，那滴漆黑的眼珠
把我吸入一个深邃的空间
那里充满了混沌的色彩
各种原始的情绪纠缠在一起
随着冥冥中的韵律缓缓交融
缓缓流淌，缓缓化为一泓深潭
我躺在潭底，像一粒卵石
坚硬的壳包裹着无尽柔软

刹那间，像是过了一万年
她颤动的手指终于停了下来
而我的心神从卵石里破壳而出
迎着朔风回到了万年之前
在下着火雨和冰雹的地方等候
那补天的手指点亮我的眼珠

2021　重庆

伫立在山坡上

记不清是谁带我来过这里
这个山坡让我感到特别熟悉
那些藏在灌木丛里的残碑
全都裹着一层黝黑的苔衣
它们的外貌看不出有何秘密

我似乎认得其中的一块
在它身上有一些模糊的字迹
这块碑突兀地立在那里
它的背后堆着一大蓬荆棘
前面，露出一小块空地

有只鸟，曾经来过这里
空地上依稀可见浅浅的爪印
与散落的野菊混淆在一起
空气里飘出一些淡淡的气息
像是诉说一段遗失的记忆

我隐约看见一个白衣少女
她凭空出现在那块碑上
一阵凉风从远处吹过来
她又凭空消逝在这阵凉风里
那些淡淡的气息随风散去

我伫立在小山坡上
感觉与那块碑已融为一体
感觉脚下蠕动着万千根须
远处的御临河正沐浴着夕阳
那金色的河水奔流不息

2021　重庆

停电的夜晚

停止一切想法
再把感觉融入一粒尘埃
放到风中，留一个壳和一颗心
在那把破旧的藤椅上
在半截昏昏欲睡的蜡烛前

那粒尘埃随风远去
把一颗心拉成了一根弦
这根弦在黑暗中不停地震颤
却发不出丝毫声响
四面八方的虫鸣汇成一片
夜，黏稠如一潭泥浆
有无数尘埃在泥浆里乱窜

风突然停了，感觉戛然而止
这根弦猛然弹了回来
薄如蝉翼的心膜一触即溃

许多奇怪的想法朝外涌
更多奇怪的想法涌进来
所有想法挤成一团，分不清
是尘埃与他，还是他与尘埃

桌上的蜡烛快要熄灭了
电一直没来，藤椅上那个人
啪的一声点燃了香烟
他和一粒尘埃在烟圈里消散

2021　重庆

鸟与树

——致 ZB

黑鸟问：为何你白我黑
白鸟答：我白故你黑
白鸟问：为何都叫鸟
黑鸟答：宿命都是飞

不期而遇，又突然分离
两只鸟来不及盘旋就飞走了
一只北归，飞向另一片霓虹
一只东去，没入了崇山峻岭
一只又一只鸟遁入夜幕
古老的平原卷起重重树影
一座大城怅然留在风雨里

那一年，狮子山的桃花格外旖旎
那一年，狮子山的桃花葬了一地

多年以后，我站在江边

江水一波一波地冲刷岸礁
一只鸟闪电般掠过江心
水天相接处荡起一帆孤影
我想起一座大城和一只白鸟
是哪阵风正缠绕着钟楼
是哪朵云裹住了他的羽翼

那一年，有一只黑鸟倒在江边
那一年，我褪去羽毛换上了树皮

多年以后，我们站在江边
那天的江边正飘着小雨
两棵树，肩并肩站在对岸
笔直的身影与灯光融为一体
又仿佛从未出现在这方天地
江上突然升起袅袅烟霭
远处的钟声与涛声此起彼伏

白树问：不当鸟了
黑树答：有心向天，徒命在地
黑树问：为何成了树
白树答：本来就是树
白树问：心何为？命又何为
黑树答：心为树，命为土

从此，我习惯了在江边独立
看两棵树渐渐变成许多树
看每棵树一一消失在树林里
当对岸那盏灯点亮了万家灯火
这方天地像是停泊在童话里
童话里，鸟变成树站在江边
树变成火把，化为灰碾作泥

那一年，江边的风不急亦不缓
那一年，江中的水不缓也不急

2021　重庆

四面镜子

终于，不再左冲右突
困在四面镜子里的那个人
一声不吭地坐了下来

身后的镜子里是一团迷雾
看不透其中隐藏着什么
像是有许多种子正在发芽
又像是有一颗心在咚咚跳动

左边的镜子里是一只鸟
站在一尊高大的石像上
耷拉着头，羽毛有些凌乱
周围挤满了光怪陆离的建筑

右边的镜子里是一棵树
扎根在浓烟滚滚的火山口
遍体赤红，如一簇焰火

根须和岩浆在地下纵横交错

面前的镜子里也是一团迷雾
隐隐约约透着点点亮光
像是穿越时空而来的火把
又像是许多令人心悸的瞳孔

他一声不吭地坐在那里
直到化为尘埃和空气
这四面镜子轰然碎了一地

2022　重庆

曾经有那么一瞬间

曾经有那么一瞬间
我身轻如絮，飘入云端

山外那座山金光闪闪
传说山上有遗失的神殿
我徘徊在那座山的边缘
闪闪金光荡漾我的双眼

天穹，五彩斑斓
那座山在云海里忽隐忽现
像一艘金碧辉煌的帆船
从太阳里缓缓地驶来

曾经有那么一瞬间
我如同浪花，扑向船舷

2022　重庆

千年前那场雨

千年前那场雨
从沙湖道中下到了嘉陵江畔
千年前那个人一路吟啸一路徐行
一路走到了今天夜里
没有竹杖芒鞋，没有一蓑烟雨
那个人两手空空一身泥泞

嘉陵江在雨霭中荡漾
他穿越雨霭穿越时空走向江北
那边的雨夜里有万家灯火
那边的万家灯火里有几分暖意

2022　重庆

内卡河畔的女神

内卡河畔，第一次相见
你已在这里守望了两百多年
侧身靠在美杜莎之盾上
手中的长矛闪耀着威严
那只猫头鹰守护在你的裙边
你的背后是一大片蔚蓝

你的眼神，让我想起
老街上盛装游行的鼓乐队
那天，阳光格外温暖
一个小鼓手昂首走在队列前
骄傲的目光带着几分腼腆

你的眼神，让我想起
跳蚤市场那个摆地摊的女孩
她一边小心地整理着物件
一边期待地看着过往的游客

她的目光比阳光还温暖

你的眼神，让我想起
那个把心遗失在这里的诗人
一张刻着戴胜鸟的长椅
寂寞地停放在高墙开花之处
那些诗句绽放出火焰和忧郁

你的眼里噙着许多眼睛
噙着我，噙着海德堡的秋天
而我的眼里噙满了热泪
我把心遗失在遥远的东方
那里的玉米应该熟透了
山坡上到处是阳光灿烂的人

2022　重庆

汉丰湖畔

红砖青瓦，碧柳翠竹
几枝野蔷薇在湖边踯躅

一湖轻波，波随心动
湖光里掠起两三只白鹭

水天尽头，心如扁舟
古往今来的事随波沉浮

一楫汉风，一楫唐风
每一阵风都能把心吹皱

2022　开州

尊严

为了留下一枚种子
他奉献了毕生果实
这棵树默默站在那里
像树一样死去

为了留下一点念想
他付出了毕生心力
这个人默默站在那里
像人一样死去

2022　开州

那一枚像我的树叶

（1）

那一枚像我的树叶
此刻，也许已不在枝头

窗外风雨交加
呜呜声里，夹杂着噼啪声和咣当声
偶尔一刻，天地突然死寂
就像心脏骤然一缩，又猛然一胀
各种声响从胸中喷涌而出
一整夜，我都没听出
窗外那一枚树叶有何响动

那一枚像我的树叶
长在窗外的丁香树上
傍晚，还没有起风的时候
就看见她在不停地颤动

不知道是要抖掉满身灰尘
抖掉笼罩她的阴影
还是想抖掉凝视她的那道目光
后来天黑了，她和阴影都黑了

醒来时，窗外风雨交加
我想或许她正躺在泥泞里
像我一样想着，想着被大雨冲走
冲到一条金光闪闪的大河里
然后变成鱼

而此刻，一张旧床上
有一个像那枚树叶的人又沉沉睡去
又慢慢变回我的模样

（2）

那一枚像我的树叶
在雨后的阳光下熠熠生辉
与许多熠熠生辉的树叶汇聚成片
然后，消融于一片璀璨
那片璀璨熔断了我的视线

刹那间，泪水灼痛了眼角
缤纷的雾气弥漫开来
眼睑之外，是一个渐渐模糊的世界
似是而非的黑与白、明与暗
被那团雾气吞进去又吐出来

此刻，空气清新如茶
一丝一缕，有种茶意缠绕指尖
我像是触碰到了另一个世界
那里，每一枚树叶都像我
每一枚树叶都若隐若现

突然，燕子从空中划过
沿着一道弧线，这些景象裂成两半
一半缩入杯中，一半散于眼前
那一枚像我的叶子再次浮现

（3）

那一枚像我的树叶
在我的眼皮底下不知去向
事先，没有半点征兆
我从树下经过时毫无异常

回过头来，那枚树叶
突然变成一撮灰色的绒毛
几根枝条正悠闲地摇曳
树下散落着两三棵野草
抑或，那枚树叶正躲在暗处
若有所思地朝这边张望

而我，若有所思地闭上眼睛
在冥冥中捕捉遗失的真相
心神如弓，感觉似箭
茫然四顾，却不知射向何方
那枚树叶飘浮不定
有时像我，有时像一阵风
有时像一抹夕阳

一阵风从脸上拂过
睁开眼，夕阳落在远处楼顶上
楼顶上有一只灰色的鸟
正若有所思地朝这边张望

2022　重庆

归乡

（1）

前，不见繁星点点
后，不见烟火人间
当最后一线天光从眼前消散
你的影子牵着你走进荒原

一只漏船在病树下搁浅
有个老人长眠于天边

（2）

那一天，跟着他们在风中飞舞
你不由自主地坠落在河滩

岸上，有一群人与风车作战

许多鸟掠过水面拼命南飞
这群人掉转方向一哄而散
你爬到岸上，还没听到风声
就变成一架风车在风中乱转

（3）

那一天，风把你吹到异乡街头
脚未落地，你便到处逃窜

四面八方的霓虹忽灭忽闪
一条条大街把城市切割成碎片
这些碎片一边碰撞一边飞旋
每一块碎片都浮现许多笑脸
而你，卡在了碎片和碎片之间

（4）

那一天，你把自己关进房间
对着一面镜子洗心革面

两条面面相觑的鱼抱成一团

白色的黑树枝，黑色的白花瓣
那面镜子不停地涂改你的视线
直到镜子里一片空白
你发现自己嵌在镜子的背面

（5）

那一天，你化身为一粒尘埃
藏在树叶的经络里酣眠

忘了寂寥星空，忘了浩瀚莽原
把自己融入一滴滴绿色世界
每一滴世界里都有一个你
有的拈花一笑，有的蝶梦翩翩
有的酩酊大醉了无数年

（6）

那一天，你从梦中醒来
蓦然回首，来时的路一片茫然

眼前竟是荒芜已久的家园

一阵风又一阵风从山外吹来
有只鸟，一直在风中盘旋
他的羽毛变成了缤纷落叶
落在一棵树下，落在你的门前

（7）

那一天像是过了万万年
当你从影子里破壳而出
你的影子碎成了一地柔软
那天以后，天空格外湛蓝

有一截舢板冒出绿芽
有一个婴孩睁开双眼

2022　重庆

那些流逝的时光

像每一个终日忙忙碌碌
又一事无成的人一样
迈着千篇一律的步子
走在人头攒动的大街上
转眼在人潮中不知去向

今天，走在回家的路上
街景突然变得不同寻常
从不留意的广告栏里
寻人启事上那个人
像极了你年轻时的模样
小区门口，卖香烟的婆婆
居然对着你点头微笑

厨房里忙下忙上的女人
越看越觉得陌生
一丝白发从眼前晃过

像是有根针在哪里扎了一下
书房里传来的读书声
听起来一点也不烦躁
阳台上似乎多了一些花草

坐在旧得发光的躺椅上
若有所思地看着窗外的云
就像多年前搬进新家那样
那朵云消失在天边
有些东西一直在心里流淌

2022　重庆

登满月观景台

一朵云，向天边飘过去
一束光，从天边扫回来
一些人站在悬崖上鸟瞰
飞鸟追着夕照投入松涛
松涛卷着云霞涌向天边

一些人，站在群山之巅
一些人，撒在群山之间
一只鸟停在半空中俯瞰
有些人从山巅回到山脚
有些人在山中升起炊烟

2022　开州

偶得

（1）

一滴水从树叶上凭空消失
没有人觉察空中那一线轨迹
一连串的幻象忽灭忽起
转眼间，一滴水又凭空显现
像是本来就停在一个水洼上
一滴水，落入水洼
一滴水，回到水里

（2）

墨色若烟
茶味如禅

这一杯茶里藏着多少个人间

这亿万人间酿出了多少因缘
数不清的男和女，道不明的悲与欢
画不尽的形与神，悟不透的仙和凡

一笔湿与枯
一杯浓和淡

（3）

寺外有五山莲花
寺内有三重大殿

一丈禅房，一袭纳衣
一炷檀香，一盏清茶

茶不分浓淡，皆洗尘片刻
禅不问深浅，皆无垢瞬间

（4）

哪匹马都一样
哪个方向都一样

什么时候停下来都一样
是不是到了首阳山都一样
重要的是要有风
要有露，还要有幽篁

饿了渴了，就餐风饮露
倦了，可以一醉三年
醉了，可以弹广陵散
死了，可以吟魂飞扬

（5）

有一朵透明的火苗
潜伏在心房的背后

有一粒透明的种子
扎根在心脉的源头

有一根透明的琴弦
牵引着心灵的颤抖

有一串透明的音符
演绎我与我的邂逅

（6）

像一只无影无形的手
捂住我的眼睛，提起我的耳朵
让我在光天化日下视而不见
每天被千篇一律的声音包裹

像一剂无色无味的药
涂在我的脸上，抹在我的心口
让我无论说什么话也不会脸红
不管对什么事都不再心动

更多的时候，像是一群蜂
给我的过去和将来都种上尖刺
让我回头是痛，仰头是痛
埋头时也无缘无故地痛

（7）

谁是命中的那条船
谁是命里的那个岸

是谁的手牵着运和命
是谁的手裁出风和帆

谁是埋在心里的弓
谁是插在心上的箭
是谁的手种了这颗心
是谁的手射出那支箭

2022　重庆

丢失的无名指

——致 TYQ

苍白如野藤的根茎
丢在河边污泥里
透着半截疼痛一抹锋利
无名指，指向天边的羊群

一群水鸟，逆风远去
一只水鸟，茕茕孑立

黄昏正沿着古河道流淌
岸上的光影扑朔迷离
前方，黑压压的峰峦
宛如巨碑，崖岸高峻

一群水鸟，杳无踪迹
一只水鸟，嘤嘤而啼

当漫天光影缩回地底

空旷的河滩万籁俱寂
黑夜，像一只潜行的猫
悄无声息地走下河堤

一群水鸟，嘤嘤而啼
一只水鸟，杳无踪迹

而我，陷入河边污泥里
像是陷入了另一方天地
到处都是脚印，我躺着
苍白如野藤的根茎

2023 重庆

仰望祁连山

——在善恶的角力中，爱的繁衍与生殖，比死亡的戕残更古老、更勇武百倍。（昌耀《慈航》）

之一：诗人的葬地

葬在这里的，是掺了酒的岁月
是暴风雪之夜急促的马蹄声
是劫后的明月和牧草上清凉的露珠
今夜，我亦安葬于此
在最深层的地底倾听你的荒江之声
倾听无数野花的种子竞相破土

这是诗人宿命中的葬地
这是千万朵野花纵情绽放之处

之二：雪峰之侧

紧贴岩壁的那一粒黑点
黑得像一滴干涸已久的血珠

雪峰之侧，棕色深渊之上
彷徨许久的太阳仍在彷徨
那个沿着巨石罅隙徒步攀行的人
融化在无边山海中，如一只云雀
在仅能目视的高度上鼓翼而舞

而我，如同那只渺小的蜘蛛
紧贴岩壁，追索他的每一个落脚处
一步一步，默享大自然赐予的快慰
那快慰从鞋底渗出，一滴一滴
每一滴都鲜亮而殷红

之三：那一夜的篝火

风中飘着麦酒香
还隐约有一匹瘦马跛行的嘀嗒声

高车碾过赭黄色的土地

追着鹰之影，穿越寸草不生的岩原
穿越被暴风雪横扫过的荒甸
在众神的帐篷前戛然而止
那个带着笛管的人来到篝火旁
端坐如一尊磷光闪闪的岩石

那一夜的篝火在我眼前怒放
如红珊瑚枝在旷谷中自由舞蹈
我凝视你，凝视这精灵般的舞者
纵身跃入他身后那一片浓黑

之四：驭夫的脸

紫糖色的脸
马粪和破车轮的烟火烘成的脸
草原的露珠和戈壁的砂石磨成的脸
牧羊女灵动的黑眼珠里
那一抹羞涩的光彩酿成的脸
这是一个驭夫的脸
一个似曾相识的年轻驭夫
在土伯特人的栅栏外放下了疲惫
双手接过那只盛着银月的碗

他的脸镀上了一层熠熠光辉
如梵音从锈蚀斑驳的土地淌过
如一只温婉的手从我心头抚过

之五：草原与老人

黄昏的草原
在金色雪线下流淌
草原的黄昏
挂在牦牛的犄角上

卧于木轮车旁的老马
眼角凝结着最后一滴温暖
火红的马驹，朝着天边云霞
发出生命中第一次嘹亮嘶鸣

这是草原最古老的谣曲
在即将燃起的篝火边
在来自天外的经纶转动声里
我的影子融入了庄严的人群

那个微笑的老人
临走时依然微笑着

之六：皓月与净土

高悬于雪峰之巅的皓月
如照彻万古的慧眼
透视这方净土最原始的悸动——

披着银衫的红杨
背对婆娑的树影虔诚入定
破土的草籽在原野上快意欢呼
一只雪豹，踏着优雅的舞步
从锃亮的裸岩边从容越过
藏在牧羊女怀中的荷包
散逸出香草的羞涩与忐忑

唯有风声，远翔于夜月之外
带着这方净土孕育的膻香
抚慰流浪在另一个世界的灵魂

之七：草与鹰

万仞高天之上的仰望者

万丈渊薮之下的俯视者
背负各自的骄傲与坚持
在各自的维度，以相同的宿命
成为这大山的囚徒
成为大山最虔诚的皈依者

雪峰之侧
一只朝圣的鹰
一株寻根的草
在黑白交替处
相互凝视

之八：在记忆里游牧

劫后余生的游牧者
牵着跛马，在笼罩四野的穹庐中
绕过云中街市，踅身月下林莽
如一只迷途的羔羊
苦觅记忆里失却的雪山和草场

他说，他认识自己的路
那是青蓝色炉火点缀的旷野之路
是雷殛之火树照亮的崖畔之路

是播种者的手臂指引的春雪之路
是一个爱的奴仆，重履劫灰
一步一叩的返乡之路

是的，那是一个爱的奴仆
自囚于命运之锁链在记忆里游牧
扪摸心中那一段永恒岁月
在恍如隔世的星空下
为大山而殇，为大山而颂

之九：信仰之力

在昼夜交叠的一刹那
孕于腹心的躁动突然静寂
煌煌大日，如猛然破壳的金色巨卵
向四面八方喷薄出亿万金色种子

一匹瘦马从大荒深处走来
像是一名披着金色大氅的战士

之十：礼赞与绝唱

是只属于高天的云雀的啁啾
还是襁褓中婴儿悦耳的啼哭
是旋风在悲声嘶鸣
还是日出的声息沙沙作响
这缭绕于人间的天籁——

是众神之礼赞
是诗人之绝唱

是托举皮筏的男子
披星戴月走向山巅辉煌的小屋？
是吮吸着野玫瑰芬芳的牧女
在帐篷前羞涩地回首？
是铁道边那簸扬煤屑的妇人
弯起手臂，依依如柳？
还是用须眉召唤众人的水手长
在黄河的浊浪里引领嘶吼的方舟？
这些挥之不去的图腾——

是众神之礼赞
是诗人之绝唱

是跛马独行于边陲荒甸
还是倦鸟缱绻于古都边缘？
是一个虔诚的生命之驭夫
面朝那最后的净土纵情一跃
还是一个仰望祁连山的远方过客
穿越时空之壁静坐于雪峰之侧？
这永不湮灭的魂之交响

是众神之礼赞
是诗人之绝唱

2023　重庆

在虚空绽放

一群又一群
在前方路上
有的行色匆匆
有的放任自流

他们安分守己
各行其道
相互擦肩而过
彼此淡然一笑

那一刻，我的眼睛离开我
旁观我融入人流

那一刻，许多人影绽放在虚空
宛如黑色焰火

2023　重庆

我见花开

一步一个轮回
走向下一波人潮

百里水乡，一抹夕照
光阴似水从桥上流过
篷舟如鱼穿梭树梢
雨林深处，炊烟袅袅
她在彼岸回眸一笑

一步一个轮回
走向下一个天涯

云中街市，天上人家
一滴星光溅起漫天流萤
万家灯火洗净人间浮华
水天尽头，月浣轻纱
她在梦里漫步月下

一步一个轮回
走向更远的远方

烈日蒸海，白沙滚浪
椰枣树把热潮挡在海边
人群散入无边焰光
世界被一面蔚蓝隔开
她在窗下凝眸远望

一步一个轮回
回望来时的方向

一株古树，半亩荷塘
老僧在树洞中焚香坐化
一粒莲籽游出浮光
孩子们从四面八方走来
她在倒影里刹那绽放

一步一个轮回
回到最初的地方

2023　曼谷、迪拜、重庆

站在荒坡上

时间突然消失
像是缩回掌心的迷雾
凝成一滴，钻进皮肤
散入身体每个角落
阳光冻结在树梢上
风声被灌木掐住

站在荒坡上
恍若站在岁月的断点
停止感叹，停止思想
停止日复一日地衰老

2023　重庆

风声越来越近

到处都是蚂蚁
院子里，树纹丝不动
每片树叶都屏住呼吸

猫，缩在墙角
举头蹙眉，双目微闭
与院墙融为一体

还有一只守在墙头
目光锁定前方的空气
空气，空得令人心悸

气氛陡然一紧
两粒灰尘在空中碰撞
漾起一圈涟漪

2023　重庆

时光回流

——给 XYJ

时光回流，我却与自己邂逅
这就是佛说的因缘吗
那个朦胧背影，被雨水湿透
你的窗外，流淌着琴弦的忧愁

风雨无常，我已然两鬓如霜
这就是佛说的因缘吗
走在天涯路上，路越走越长
山重水复，我与你一起看夕阳

谁能够苦海回头，不沾惹因果
佛说如电如幻，我勘不破
夜长梦多，最怕梦里独酌

即便是真有来生，也不敢蹉跎

轮回路上坎坷，容易错过
江湖太远，但求相濡以沫

2023　重庆

后记

关于诗，我不再说什么，想说的尽在诗中。

关于诗与人，我确信：人尚在，诗不绝；诗尚在，人不灭。

关于诗人与诗集，犹如农夫与粮食。粮食乃农夫所种，却非农夫独享。种出来，就是为了奉献给人们。但对于人们而言，粮食是谁种的其实并不真重要，重要的是种出来的须是粮食。诗集出来了，最好的结果是“对人真有益处”；最坏的结果是“人被惦记，诗被遗忘”。

关于《向天之路》这本诗集，能出版是幸运的。我幼年时受母亲影响爱上诗，少年时得艾农权、刘捷两位恩师引路迷上写诗，从此便执着下去不肯回头。虽偶尔想过结集出版的事，但真到了结集出版时，却有恍然如梦的感觉。这本诗集能收入120余首诗实在不易，我没有留存诗稿的习惯，好在爱人XYJ做了本该由我做的事。与我常来常往者，皆为亦师亦友的爱诗之人。同路诸君为此书面世助以鼎力，情重如山。特别是清华先生，虽尚未谋面却不吝笔墨赐予佳文，令我由衷感动。

至于我对这本诗集和读者的期许，的确怀有那么一点点落俗的执念。但愿有人读罢合卷之后，将来有一天会偶尔想起：除了脚下的路，我们心中还有一条向天之路。

陈天舒

2025 年 3 月于重庆